배 터진
연정

배정이 시집

시음사
시사랑음악사랑

사랑을 포장하는 시인 배정이

사랑이란 어떤 뜻이 있을까? 하는 의문을 가져보지 않은 사람은 없을 것이다. 고대 국어에서의 '사랑하다'라는 뜻은 현대에는 '계속해서 생각하다' 정도의 의미가 있다고 한다. 또 끊임없이 생각하며 동시에 상대를 헤아린다는 뜻도 있다고 한다. 사랑이란 단어는 곧 나는 당신을 알고 있다는 의미이기도 하며, 선악(善惡), 사랑, 삶과 같은 개념들은 무궁무진하게 확장 될 수 있다. 이런 문제들은 깊은 존재론적 문제인 인간의 본성을 잘 나타낼 수 있는 가장 기본적이면서도 복잡한 수학 공식만큼 풀기 어려운 문제라는 것이 정답이 아닐까 하는 생각이다.

인간은 끊임없이 완전한 사랑을 갈망한다. 인간이 현실적인 한계를 벗어나 만족을 얻고자 하는 욕망의 표현이라 할 수 있는 방법이 바로 사랑이란 단어일 것이다. 이렇게 어렵고 정답이 없는 주제를 시에서는 어떻게 다루고 있는지 궁금한 독자라면 배정이 시인의 시집을 통해 시인만의 사랑법을 공감해 보는 기회가 될 것이다. 완전한 사랑은 불안전해 보이고, 부족한 사랑은 발전할 수 있다는 교훈도 보여주면서 진실을 보기 위해서는 심장으로 봐야 하며, 기다림과 이별, 슬픔은 곧 사랑이라는 단어 앞에서 새로운 시작을 한다는 것 또한 은유적으로 표현하고 있다.

시(詩)는 늘 발전해왔고 또 앞으로도 새로운 시도의 시(詩)가 창작될 것이다. 이번 배정이 시인의 "배터진 연정"이 바로 비문법적인 언어로 포장한 시인들만의 시가 아닌 일반 독자를 위한 편안한 시적 감각으로 엮은 기법이라는 점이 신선하다. 세 번째 이번 시집은 현시대에 잘 어울리는 새로운 시도의 시(詩) 창작법이 될 것이다.

사단법인 창작문학예술인협의회 이사장 김락호

목차 1

목차 2

목차 3

목차 4

여자와 남자는 통화를 합니다.
여자는 밝게 웃으면서 남자에게 말합니다.
오늘의 글을 읽을 테니 들어보라고 합니다.

거짓말

죽도록 보고프다고
죽도록 그리웁다고
시시로 말하는 당신.

진심인 마음 알지만
철부지 나여서 인지
간혹 믿기질 않아요.

용기 없는 그 사랑은
내게 오지도 못하고.

꿈만 꾸는 그 사랑은
나를 데려가지 않아.

때론 속빈말 같아요.
때론 거짓말 같아요.

남자는 글을 듣자마자 0.1초도 안 되서 말합니다.

남 : "날 봐요, 날 보라고요.

　　지금 시간이 8시이고 일이 끝나면 12시 30분쯤,

　　일이 끝나는 대로 바로 갈게요."

여 : "(웃음)오세요. 오시면 어떻게 님 마중 할까요?"

남 : "화끈하니까 악수 안하고 안아 줄 것 같은데…."

여 : "안아주기만 해요. 볼에다 뽀뽀도 해줄게요."

남 : "정말!?

　　정말 약속했으니까 휴대폰 켜두고 있어요."

여 : "어머, 진짜! 진짜로 온다고요!?

　　농담했어요! 농담이라고요!

　　비도 많이 오고 피곤할 텐데."

남 : "약속 했으니까 꼭 지켜요?

　　서둘러 일 끝내고 출발할게요."

여자는 통화를 끝내고 줄곧 창밖에 비를 봅니다.

그칠 줄 모르고 무섭게 퍼붓는 비를 봅니다.

얼마동안 그렇게 비를 바라보던 여자는

흐트러진 의식을 수습하고 속눈썹을 깜박입니다.

나부끼는 소리

비야, 넌 들었니? 그 마음이 나부끼는 소리를!
불과 몇 시간 전에만 해도 예감하지 못했는데
그 사람이 온단다. 그 사람이 내게로 온단다.

바람 부는 날이면 헤프게 흔들거리는 보고픔은
오늘밤도 폭풍의 언덕에서 망설일 줄 알았는데
해일이 몰아치는 언덕에서 주저할 줄 알았는데.

언젠가는 굳게 닫혀있는 창문도 열리리라 믿고
그의 진실은 단 한 번의 허락을 기다렸던 거야
오래된 농담은 천 마리 학을 접은 진실이었어.

비야, 이제 그만 내리치는 빗줄기를 거두어주렴.
보고픔이 오는 동안 그 동안만이라도 편안하도록
서슬이 퍼런 네 아우성을 이제 그만 멈추어주렴.

한 시간이 지나고 두 시간이 지나도
비는 그치지 않고
시간이 갈수록 더욱 거세지는 비는
물탱크 소방차 같아서
여자는 어찌할 바를 모르고
초초한 시간을 보냅니다.
두 도시에 보고픔이
하나로 불타고 있는 마음을 진압하려고
수천 수 만대의 물탱크가
끊임없이 폭포를 이루기에
5분은 덤덤해지려고 애써도
10분은 달라지지 않는 고민을 합니다.
여자는 하늘을 봅니다.
하늘을 보고 나지막이 말합니다.
모른 체할걸 그랬어….

하늘아, 눈을 뜨려므나

눈부시게 좋은 날도 많았는데 어이해 오늘이었다니
푸른빛에 붉은 꽃도 저 물리고 어이해 까만 밤이다니.

늘 그러듯이 오늘도 스쳐가는 바람의 말이라 여기고
그의 소리 모른 체할걸, 시침 떼고 외면할걸 그랬어.

그렇게 즐겨듣는 음악이 흘러도 하나도 들리지 않고
커피 향을 느껴보려 해도 설익은 감처럼 떫고 씁쓸해.

하늘아, 눈을 뜨려므나. 눈을 뜨고 나를 좀 보아다오
한밤의 약속이 가시방석에서 초주검이 되지 않도록.

이렇게 지독한 우레비는 성깔을 부려 밤을 흔드는데
설마는 잠시도 나를 내버려두지 않고 미안하게 한다.

하늘아, 눈을 뜨려므나. 눈을 뜨고 고요한 별빛을 다오
미안해서, 더는 미안해서 해쓱한 약속이 되지 않도록.

여자는 기도합니다.
한 사람을 기다리는 시간의 선상에서
눈에 보이는 요란한 비의 소리를 멀리하고
두서없이 흔들리는 마음의 진동을 잠재우고
오직 하나에 마음을 모아 기도합니다.
그 사람이 오는 이 새벽 길.
부디 편안하게 해달라고 기도를 합니다.

시간의 선상에서

별님 하나 등불이 되어 그의 길 밝혀주면 얼마나 좋을까요.
달님이라도 벗되어 그의 길을 속삭여주면 얼마나 좋을까요.

한겨울의 나무줄기처럼 앙상하게 여윈 이 밤의 줄기를 타고
그 사람은 그림자 하나 놓이지 않은 낯선 길을 오려합니다.

오기 어려울 것 같아서 바쁘다는 핑계도 나름대로 괜찮은데
그 사람은 기꺼이 암흑의 파장을 타고 이 밤에 오려합니다.

고독이 느껴집니다. 그 사람의 깊은 고독이 느껴집니다.
모든 것이 비 바다에 잠기듯이 고독 또한 비 바다에 잠겨
외롭고도 외로운 그 마음이 발버둥 치는 것을 몰랐습니다.

더러는 누군가 그리워서 마음이 가는대로 떠나고 싶습니다.
더러는 누군가 보고 싶어서 미친 듯이 달려가고 싶습니다.
홀로가 쓸쓸해 너무 쓸쓸해 눈물이 먼저 질주하기 때문에.

그 사람, 오늘이 그리기에 마음 둘 곳을 찾아오나 봅니다.
별님, 달님은 보이지 않아도 아른거리는 이름 하나 있어
암흑도 두렵지 않게 발버둥치고 마음 둘 곳에 오나봅니다.

나는 당신 편입니다

멋있고 당당한 최고의 남자가
체면의 허울을 벗어던지고
낮은 소리로 마음을 말했지요.

그 누군가에게 기대고 싶어서
잠시라도 편하게 쉬고 싶어서
내 몸 하나 반겨줄 이 찾는데.

당신이 나를 반기기만 한다면
천둥번개가 휘몰아친다 하여도
그곳으로 한달음에 달리겠다고.

언제인가 가슴 한쪽이 시리도록
너무 힘들어하는 말이었음에도
가벼이 여기고 잘난 체 했지요.

큰 나무는
새를 가리지 않는다고 했지요.

어느 날은 새소리가 경쾌해서
마치 꽃이 몽글몽글 피어나듯
가슴에도 좋은 향기가 나는데.

어떤 날은 새소리가 날카로워
마치 예리한 비수에 찔리듯이
가슴에 멍울이 맺힌다 했지요.

오세요, 담배 한 개비 피우고
오래된 친구를 만나러 오듯이
천천히, 천천히 내게로 오세요.

당신의 지독한 외로움 덩이를
나만의 것으로 독차지 하고서
아프지 않게 위로해 드릴게요.

영원한 밤빛

여자는 웃습니다.
방안의 소품들이 들썩일 정도로
너무 좋아서 미친 듯이 웃습니다.

거울에 비치는 자신의 모습이
예전하고는 사뭇 다르게
산뜻해 보여서 눈물이 나기도 합니다.

여자는 지난날
유리파편이 깔려있는 악몽의 숲에서
보이지 않는 혼령에 시달렸습니다.

자신을 추스르고 다잡을 겨를도 없이
혼령의 손아귀에 심한 뭇매를 맞고
절름발이 정신이 되어버렸습니다.

온전하지 못하는 몸뚱이에도
바늘구멍만한 숨통이 붙어있다고
삶의 실마리를 풀려다 기진한 여자가.

초록 잎사귀같이 싱싱한 표정을 짓고
물방울이 톡톡 떨어지는 머리카락을
손가락 사이에 넣고 빗질하고 있습니다.

햇발같이 투명한 한 영혼이 다가 오기에
유리의 파편들은 고른 모래로 변해가고
악몽의 숲에서는 한줌의 공기가 돕니다.

여자는 영원히 기억할 것입니다.
정신을 일깨우고 웃게 해주는 밤빛을.
그리고 사랑할 것입니다. 한 영혼을.

따르릉 따르릉 휴대폰이 울립니다.
한 번 두 번 세 번… 계속 울립니다.
여자는 휴대폰을 받지 않습니다.
네 시간을 애타게 기다리는 목소리였는데도
휴대폰을 만지작거릴 뿐 받지 않습니다.
여자는 눈을 감고 몸을 좌우로 움직입니다.
어느새 발신번호와 발신인의 이름은
애탄 시선을 따라 들어왔는지
여자의 마음 깊은 곳에서
많이 기다렸죠. 하고 심장에 리듬을 줍니다.

꽃피는 심장

심장이 꽃 피네요. 꽃이 피고 있네요.
새빨갛게 피어나는 꽃잎이 놀라워요.

경이로운 느낌이 조각나면 어떡하죠.
두근대는 감정이 멎어지면 어떡하죠.

이대로 지금 이대로 눈의 느낌을 가지고
영원 영원히 시간의 그네를 타고 싶은데.

모든 것이 지금 이 순간을 져버리고
이내 부서지고 멎어버릴까 두려워요.

오래전에 심장은 색깔을 잃어버렸죠.
행복을 피어내는 방법도 잃어버렸죠.

비포장 나이 길을 깨금발로 디뎌 가는데
수꽹이 한 마리가 나타나 흙먼지를 날렸죠.

혼란에 빠지는 심장은 어둠속에서 울며
소각을 기다려야하는 낙엽이 되어버렸죠.

꿈만 같아요. 지금의 빛깔이 꿈만 같아요.
아주 짧은 꿈이라고 해도 충분히 행복해요.

이제 심장은 흙먼지가 날려도 두렵지 않아요.
색깔이 같은 심장이 삶의 방법을 알려줬어요.

새벽 12시 30분

여자는 남자에게 전화를 합니다.

한여름의 장마처럼 칙칙한 가슴에

가을의 시원시원한 산들바람으로

폐활량을 늘려주는 남자에게 전화를 합니다.

여 : "일은 끝났어요?"

남 : "지금 가고 있는데 앞이 온통 하얗네요."

여 : "이런 억수비에 뭐가 좋다고 오세요."

남 : "난 이래서 더 좋은데요."

여 : (좋기도 하겠다면서 말을 잇지 못합니다. 눈물 때문에….)

남 : "걱정 말아요. 아무 일 없이 곁으로 갈 테니까…. "

여 : "조심히 오세요. 새색시처럼 다소곳이 기다릴게요."

남 : "나 지금 날아가요. 전화 끊어요." 뚜 뚜 뚜…

새벽까치

날아 온대요.
까치님이 날아 온대요.

여느 때처럼
노래만 들어도 반가운데.

이 새벽에
내 곁으로 날아 온대요.

훨훨 오세요.
내 곁으로 훨훨 오세요.

파랑 날개로
빗줄기를 여는 동안.

감동한 마음도
다소곳이 열어 놓겠어요.

약속의 신호탄

차갑게 겨울잠을 재웠던 과거의 말들은
시계의 초침이 째깍째깍 움직일 때마다
봄볕에 푸른 싹처럼 다시금 살아납니다.

평범한 날에 약속의 신호탄이 울렸다면
쉬이 잊기를 좋아하는 망각의 여자는
영영 그의 마음을 알지 못했을 겁니다.

밤이라서 보고파 하는 줄 알았는데
비 내려서 보고파 하는 줄 알았는데
놓치고 싶지 않은 그리움이었습니다.

그는 약속의 신호탄이 울림과 동시에
그리운 마음이 내게로 향하는데 있어
어떠한 걸림돌도 존재하지 않았습니다.

마지막 미움

사랑이라는 알량한 명분을 내세워
별안간 감시카메라를 들이대는 넌

얼마나 잔인한 행동인지도 모르고
첫눈에 반해 좋아하는 것도 죄냐고.

머리부터 발끝까지 좋아 그러는데
그게 어떻게 죄가 되냐고 되묻는다.

네가 날 털끝만큼이라도 좋아했다면
한 번의 만남도 소중히 여겼을 텐데.

정말 손톱만큼이라도 사랑이었다면
조금은 외로워도 바라볼 수 있는데.

네 사랑에 날 구속하지 말지 그랬어.
날 그대로 가만히 내버려두지 그랬어.

그랬다면 진정 그랬더라면 나는 너에게
미운 감정은 사라지고 이해가 되었을 것을.

다음에, 이다음에 예쁜 새를 보게 되거든
맑은 햇살로 둥우리를 빚어 놓고 기다려봐.

가여운 사랑이 더 이상 죄가 되지 않도록
기다림 사이사이에 푸근함이 느껴질 거야.

양의 탈을 쓴 진드기가
여자에게 차지게 달라붙어
목에 핏대를 세워가면서
무자비한 경고를 합니다.

진드기의 경고

1) 사람같이 생긴 형체는 절대 거들떠보지도 말아라.

2) 너는 사면초가에 놓였다. 너의 길은 어디에도 없다.

3) 오장육부를 난도질 당해도 혀끝을 깨물고 참아라.

4) 가슴속에 천불이 나거든 자연의 소리를 들어라.

5) 현란한 겉가죽에 눈감고 은은히 마음의 눈을 떠라

6) 아이처럼 응석부리거나 아무데나 주저앉지 마라.

7) 생고기는 멀리하고 녹차를 마셔라.

8) 너는 내 존재를 모르나 나는 너를 기다린다.

9) 너는 네 피눈물은 볼 수 있으나

　　내 **뼈** 눈물은 보이지 않을 것이다.

10) 나는 네 삶 속에 뛰어들었으나

　　네 속을 헤집지 않는 진실을 믿어라.

여자는 일시적인 악몽이라 생각하고
양의 탈을 쓴 진드기의 경고를 무시합니다.
아무리 생각해보아도
경고 받아야 할 이유가 없기에
어제처럼 오늘도 똑같은 생활을 합니다.
현관 문고리에 요일의 망사 속옷이 걸려있고
가게 안에 다녀갔다는 흔적을 남겨놓아도
여자는 흔들리지 않고 침묵합니다.
투명한 자유를 위해 여자는 침묵합니다.

고통. 그것참, 괴롭고 아프더라

하이에나의 날카로운 송곳니에

한번 물려보니 치명상을 입더라.

제대로 일어설 수 없으리만큼

정신은 충격과 공포에 휩싸이더라.

엄마 뱃속에서 탯줄을 달고

갓 태어난 핏덩어리고 싶더라.

키도 마음도 자라지 않은 아기로

나뭇잎만한 요람에 있고 싶더라.

살고자 푸른 공기에 수저 들어도

뼈와 살은 소리 없이 으깨지고

타고난 배냇짓까지 잃게 되더라.

고통. 그것참, 괴롭고 아프더라.

고통. 그것참, 너무나 아프더라.

상큼한 독백

내 가슴이 터질 것 같아요.
팡, 하고 터질 것만 같아요.

잘난 당신 때문에 행복해서
멋진 당신 때문에 행복해서.

조금 있으면 보게 될 당신께
내 마음 모두를 맡길 거예요.

잠깐 있으면 보게 될 당신께
내 보석 심장도 맡길 거예요.

잃어버린 나를 찾아준 당신이
나를 어떻게 하든 상관없어요.

내가 가진 환상은 당신 것이고
당신만이 환상을 펼쳐주니까요.

날 바보라고 놀려대도 괜찮아요.
죽을 만큼 행복에 빠졌으니까요.

여자는
약속한 장소에 이십분 먼저 도착해서
남자가 톨게이트를 빠져 나오는 동안
기다림의 시간을 행복하게 만끽합니다.

행복한 기다림

나는 지금 버스정류장 벤치에 홀로 앉아
침묵을 모르는 저 하늘의 빗방울처럼
내 마음의 환희를 밖으로 표출합니다.

밤비 사이로 어슴푸레 오가는 이들이
멀쩡한 여자가 부끄러운 줄도 모르고
새벽 비에 날궂이 한다고 야유를 해도.

나는 철없는 예닐곱 살의 어린이처럼
무지개가 가득한 기다림에 신이 나서
동요를 봉숭아 꽃씨처럼 터트립니다.

어느 순간에 반쪽으로 갈라지는 영혼이
너덜너덜한 기억에서 미세하게 꿈틀대는
본디의 것을 되찾으려고 몸살을 앓을 때.

세상에 채색되지 않은 천국의 미소는
민둥한 영혼에 삶의 나무를 심어놓고
다시는 아프지 않게 숨을 쉬라고 했죠.

나는 지금 천국의 미소를 느낍니다.
당신이 깔아놓은 영롱한 배경에서
더없이 달콤한 당신의 감촉을 느낍니다.

나는 행복합니다. 한없이 행복합니다.
당신이 서슴없이 내어놓은 가슴에서
당신을 기다리는 이 시간이 행복합니다.

기차가 어둠을 헤치고 은하수를 건너면
우주 정거장에 햇빛이 쏟아지네.
여자의 휴대폰 컬러링이 흐릅니다.
여 : "어디쯤 오고 계세요!?"
남 : "어디 있어요!?"
여 : "잠깐 편의점에 들렀는데, 도착했어요?"
남 : "기다려주는 모습이 안보여서 헤매는 중인데….."
여 : "헤매지 마시고 그 자리에 가만히 계셔요.
　　이 몹쓸 처자가 님을 찾아 가겠나이다.
　　오호 통제라.
　　두 눈에 불을 밝혀 임을 찾아도 임은 뵈지 않네그려.
　　그사이에 어디로 숨으셨나, 머리카락도 안 뵈네그려."
남 : "길 건너 반대편을 보세요. 나, 보이지요."
여 : "네. 보이네요! 환히 보이네요!"
　　육교를 건널 때까지 전화 끊지 마셔요.
　　고대하던 목소리 들으면서 가까이 가고 싶어요.
　　아유, 숨차다.
　　제트기처럼 날아가려니까 숨이 가쁘네요."
남 : "천천히 와요~ 그러다 넘어지면 어쩌려고….."
여 : "넘어지면 일으켜줄 사람이 있잖아요."
남 : "내가 육교로 올라갈까요?
여 : "아서라 그러지 마셔요.
　　안 그래도 미안스럽구먼….."
남 : "뭐가 미안한데요?"
여 : "뭣이라, 알면서 왜 묻는데요."

남 : "아하, 나를 헤매게 해서 미안하다는 거죠.

　　미안해하지 말아요. 그러면 내가 더 미안해져요."

여 : "실은요. 하나도 미안하지 않아요.

　　오늘밤 만남이 주체할 수 없이 기뻐서

　　미안은 비집고 들어올 틈도 없네요…. (웃음)"

남 : "나를 만난다는 게 그렇게 기뻐요?"

여: "그럼요!

　　너무 기뻐서

　　빗물로 범벅된 계단을 미끄럼 타고 있네요.

　　전화 끊어보세요. 이제 마지막 계단이잖아요."

짙푸른 기쁨

짙푸른 비취빛 사랑이 보인다.
빼곡하게 덩굴진 가시비속에
산드러운 신록을 잇달아 펼친
저 농후한 색조가 매혹적이다.

이끌린 잰걸음은 그에게 간다.
자잘한 몽니와 미움이 난무한
마음통의 검은 폐수를 비우고
신록을 향하여 살강살강 간다.

만남의 빛이 수두룩 떨어진다.
언젠가는 내 나이도 쇠약해져
꾸부정해가는 삶이 서러울 때
크나큰 기쁨이 되어줄 비취빛.

당신만의 꽃이고 싶어서

꽃이라 했습니다.
말이 없는
꽃이라 했습니다.

한순간 피었다가
잎이 떨어져
애달피 지더라도.

꽃이라 했습니다.
소리 없는
꽃이라 했습니다.

나의 모습 잃어갈 즈음
죽음의 계곡에 갈 즈음
나를 찾아 깨워준 당신.

당신만의 꽃이고 싶어서
간판에 꽃이라 쓰여 있는
'꽃'은 나라고 했습니다.

당신만의 꽃이고 싶어서
좋아하는 생명의 눈빛에게
'꽃'은 나라고 했습니다.

괜찮은 남자

내 앞에 있는 남자가 빗속에 서 있습니다.

쓰고 있는 우산을 잠시 내려놓고

비를 맞으며 여유롭게 웃고 있습니다.

나는 남자에게

먼 길 와줘서 고맙다고 가벼이 묵례를 합니다.

남자는 깔끔한 영국 신사처럼 모자를 벗고

겸손하게 허리를 굽히고 말합니다.

잘해준 것 없는데 만나줘서 고맙다고 합니다.

그러더니 지팡이 든 피에로처럼

장미꽃 한 송이로 지휘하더니

활짝 웃으며 양팔을 넓게 펼칩니다.

나는 남자에게

아이처럼 뛰어가 볼에 뽀뽀하고 웃습니다.

이 남자,

정말 멋있고 괜찮은 남자입니다.

그냥 농담으로 하는 말을

아무렇지도 않게

자연스럽게 약속을 지키도록 만듭니다.

이 남자는

세월에 잘 삭힌 배려와 이해로

나를 귀엽게 만들고 마음을 녹아내리게 합니다.

"달려와"

사랑이 바람처럼
내게로 달려왔다.

사랑이 나비처럼
양팔을 나부낀다.

어서와 안기라고
달려와를 외친다.

코앞에 서 있는데
달려와를 외친다.

사랑이 운명처럼
만남을 그려간다.

두시 십육 분부터
일곱 시 십분까지.

지독한 보고픔을
새벽에 그려간다.

사랑에서 이별까지

뜨겁고도 차가운 밤에
사랑에서 이별까지
우리는 약속을 합니다.

서로의 눈 안에서 살자고.

사랑하다사랑하다 지쳐서
사랑이 사납게 입을 벌려
지울 수 없는 상처 주어도.

순간순간 행복만 기억하고
가슴 찢기는 아픈 이별도
죽을 만큼 사랑하며 살자고.

서로의 눈 안에서 약속합니다.

당신에게 나는

당신의 빈 가슴에
아흔아홉 칸의 행복의 문을 만들고
열고 또 열어도
끝없이 벅찬 기쁨을 줄 수 있을까요.

첫 만남이
낯익은 얼굴 마냥
매일같이 정겨운 모습으로 가득하고
아쉬워 보내지 않을 자신이 있을까요.

마주보며 습관처럼 흘리는 말에
예민하기보다는
가식 없이 인정하고
칭찬으로 편안하게 할 수 있을까요.

마음이 아프거나 위로받고 싶을 때는
같은 말에 아, 어가 다르고
상처 주는 일 없이 다독이고 싶은데
당신에게 나는 그랬으면… 좋겠어요.

수중 발레 (싱크로나이즈드 스위밍)

해와 달이 공존하듯이
물속에는 아름다운 선율이 흐르고
물밖에는 감미로운 율동이 흐릅니다.

때로는
폭포수가 역류하듯이 강하게
때로는
호수의 물살이 고요하듯이 약하게
자유로우면서
매끄러운 발레가 경이롭습니다.

곡선으로 파동의 원을 그리며
서서히 아주 서서히
턴으로 고르게
다리를 접어내리는 선의 묘미는
두 몸이 하나로 보이는 신비감을 줍니다.

초록 물에서 고요한 숲속의 이야기를
온전하게 연출해내는 수중발레는
황혼 속 수련의 군무보다 감동입니다.

나는 호흡조절의 우아함에 매료됩니다.

배터진 연정

당신은 생긋생긋 웃습니다.

내가 어디에서 무엇을 하든
시선이 머무는 곳곳에서
"나 여기 있지!" 하고
마법의 스프링 인형처럼
톡톡 튀어 오르며 웃습니다.

향기로운 커피를 마시려고 하면
찻잔에서 배시시 웃고 있고
세면대에서 손을 씻으려고 하면
거울에서 까꿍 하고 웃습니다.

보리밥에 신선한 산채 나물을
사글사글하게 비벼먹을 때도
너무 빤히 쳐다보고 있어서
음식 파편이 튈까봐 조심합니다.

이제, 그만 좀 바라보세요.

아무데서나 뜬금없이 나타나서
속눈썹 휘날리고
보고 또 보고 자주 보니까
웃다가 배 터져 죽겠습니다.

자연의 향연

두둥실 구름 위 세상에서
신기루처럼 펼쳐져있는
용암호수의 아름다운 장관을
태평양 한 가운데에서 봅니다.

새하얀 솜털은 안개 되어
여인네의 살풋한 향내음에
능선자락 굽이굽이 더듬고
강줄기로 이어나가듯
쉼 없이 입김을 뿜어냅니다.

고요가 침묵을 깨워 환호하고
지옥 같은 절벽의 삶에게
쩌렁쩌렁한 목소리로
파리한 둥지를 흔들어놓습니다.

태평양의 햇빛은 찬란히 반사하여
자연의 향연에 나부끼는 마음을
타오르는 용암호수에
불새 되어 탄성을 발하게 합니다.

그대는 아시나요

그대는 아시나요.
찬란한 해살이
황홀하게 고와
어디론가 철새 되어
바람 따라 가고 싶음을.

장미처럼 붉게 타오르는
매혹적인 향기로 물들어
여자라는 이름으로
나이고 싶은 마음을.

그대는 모르지요.
길가에
이름 모를 작은 풀잎을
한참 바라보다가.

거울에 나를 만나듯이
연민을 느끼고
위로 받고 있음을.

아마도
그대는
언제까지나
죽을 때까지
영영 모를 듯싶네요.

물과 불을 아껴두렵니다

당신은 가끔 이런 말을 합니다.

여자가 웃을 줄은 알아도
화내며 대들 줄은 모른다고.

여자가 나눠줄 줄은 알아도
거두어들일 줄은 모른다고.

한번쯤은 표정이 굳은 얼굴로
분별없이 그대로 하고 싶을 때 있고,

한번쯤은 욕심나는 마음으로
오가는 정에 탓하고 싶을 때 있습니다.

하지만 아껴두렵니다.

내일의
물벼락과 불벼락을 가름할 수 없기에
후회를 감당할만한 아량이 없기에.

기쁨 자체의 테두리에서
매일 아침을 생일처럼 맞이하고.

밤이면 당신 곁에서
예쁜 천사되어 가벼이 날고 싶습니다.

사랑의 길

햇살에 햇살을 비춰주는데
그림자에 그림자를 비춰줘서
당신은 미안하다고 말합니다.

눈을 감으나 뜨나
미안하다는 말에
내가 더 미안합니다.

미안하다는 말 보다
고맙다고 말 해주면
당신에게 나는
행복하다고 말 할 수 있는데.

당신이여, 착한 당신이여.
당신은 내가
기뻐할 때는 기쁨으로
슬퍼할 때는 슬픔으로
항상 곁에 같이 있고 싶습니다.

미안한 걸음으로 앞서는 당신의 길
사랑의 길로 사뿐히 따르고 싶습니다.

알 수 없는 만남

끊임없이 되풀이되는
만남이란 단어에 한 사람은
누가 보내서
내게 왔으며
내 삶에 어떤 의미로 남을까요.

만남이 운명이고
거인의 마음으로
어제와 같이 오늘도
사랑 나무에 물을 주는 사람을.

애써 만남에 명분을 찾으려고
밤잠을 설치고
생각의 꼬리를 밟아 가는
지금 이 순간에도
나는 알 수 없어라 합니다.

내 마음의 별빛

보고 싶어서 오는 당신이

어두운 창문을 바라보고

마음이 아파서 돌아갈까봐.

다시는 돌아오지 않을까봐,

밤이 새도록

믿음의 품안을 열어두고

내 마음에 별빛을 담아요.

사랑을 소중하게 지켜주는

방법이

우리 서로 다르기에

더러는

상처 받으며 오해도 하지요,

내 가슴에

서운한 화살이 쏟아져도

나는 고운 그리움으로 남길래요.

당신을 위하여.

사랑을 위하여.

내 마음에

별빛은 환하게 밝혀 둘래요.

바람의 인연

바람의 인연에게 진실성을 알리고
맺을 수 없는 사랑에
나의 눈빛은
이대로 헤어지기 싫다고 하였지요.

속살 드러내는 고백에 수줍어하고
먼저 돌아서는 이별에 가슴 아파서
나의 몸짓은
그대로 따라 갈까도 망설였지요.

어제는 당신에게
쉽게 잊히지 않아도
잊어 볼께, 잊을 수 있어, 하고
아프지 않도록 약속했는데.

오늘은 이렇게
중심 잡지 못하고
비틀거린 마음으로
곁에 머물러있음을 이해해줘요.

오늘만 나 이렇게
숨죽여 울고 싶어요.
마음이 움푹 파이듯이 아파서
너무 아파서 울고 싶어요.

중독된 사랑

당신의 영혼이
보이지 않게
순간 이동하여도
나는 느껴집니다.

아주 먼 곳에
희미한 빛으로
머무른 당신이여도.

속눈썹 수는 몇 개이고
맑은 눈동자로
속삭이는 표정은
어떠한 모습인지.

가까이 다가와
하나부터 열까지
바라보게 하여준 당신이.

이제는
익숙한 사랑에서
중독된 사랑으로.

당신이 움직일 때마다
믿음이 퍼져
나는 훤히 볼 수 있습니다.

징검다리 사랑

당신이 내게

윙크하는 그 순간부터

당신은

내 삶의 강가에

징검다리 되어.

혼자이고 싶을 때도

가끔은

피와 살같이

쉼 없이 생동하는

당신의 사랑입니다.

오늘도 당신은

내게 징검다리가 되어

내 수채화 풍경에

사랑해 사랑해하고

환희의 요동을 그리게 합니다.

오해하지는 마세요

당신은 내 기억 속에
늘 미소의 얼굴로 있습니다.
산타클로스처럼 웃음을 나눠주고
늘 해맑은 얼굴로 있습니다.

당신에게 나는
넉넉히 받은 사랑에
기쁨이 넘쳐흘러
어느 날은 외로워지기까지 합니다.

그러니 마음을 열어주는 당신 사랑에
풀잎에 이슬로 남고자 하는 내 마음을
오해하지는 마세요.

햇살에
흔적 없이 사라져가는 이슬방울로
또 다시
새벽을 기다려야하는 내 마음을
오해하지는 마세요.

서로를 소중히 여기고 아껴주는데
시간의 거리에서
잠시나마 멈추어 있는 내 모습을
제발 오해하지는 마세요.

당신에게 나는 영원히 잊히지 않으려고
이대로의 나를 변함없이 간직하고
어제와 같이 오늘도 진실하게 있습니다.

그럴 수 있어

어떻게 그럴까.
어떻게 그럴 수가 있을까.
그토록 믿었던 당신이었는데
이토록 내 가슴을 아프게 할까.

거기에 당신 있겠지 하고
단걸음에 달려가 보면,
예감이라도 하듯이
나를 바라보고 있었던 당신이.

하루아침에
나 몰라라 하는 뒷모습으로
세상 수많은 빛에게
슬프도록 두 눈을 다 감게 하는지.

행복한 기억으로 고마운 당신에게
이미 떠나가는 미소에게
더 이상 내 어리석은 질투로
당신을 힘들게 하고 싶지는 않아요.

내 곁에서
야위어 가는 당신의 얼굴을
차마 볼 수 없어 보내니
가끔은 그 향기 바람에 날려주세요.

그럴 수 있어요.
그럴 수가 있는 거예요.
당신은 내가 아니고
나는 당신이 아니기에
그럴 수 있다고 보아요.

두 번째 사랑으로 다가 올 당신이여.
기다림에서 그리움이 무엇인지
진정한 사랑이 무엇을 의미하는지
나는 이 아픔에서
당신을 이해하고 당신이 되어보겠어요.

어제와 오늘

어제는
초콜릿 향기로
온몸에 달콤함이 흘러
나를 유혹하더니.

오늘은
알 수 없는 이유로
서서히
당신은 멀어지네요.

나는 당신에게.

방황하며 빈 가슴 주는
사랑 속이
너무나 버거워
내일 없이 다 잊고 싶네요.

그대와 함께라면

내 나이 스물하고 여섯 때부터
내 모든 것이 되어주는 그대여.

매서운 시누의 동장군 바람이
좁은 문틈 사이로
비집고 들어와서
내 가슴을 후비고 스칠 때면.

혹여,
그대가 나보다 더 설운 몸으로
어디서 떨고 있지나 않을까 하고
내 마음은
초조하고 어찌할 바를 모릅니다.

시간이 흐르면 흐를수록
점점 낮과 밤으로 변해만 가는
그대와 나의 슬픈 인연이
예전처럼
서로의 곁에 머물 수만 있다면
그리만 된다면 나는.

그대의 해 그림자로
그대의 달 그림자로
기회의 시간 앞에 순종하고
온전한 사랑으로 살고 싶습니다.

우리의 심장

당신의 심장은 물이고
내 심장은 불입니다.

당신하고 나는 아쉽게도
비슷하게 닮은 심장으로
하나가 되기는 어려워도.

당신이 불이면 내가 불이 되어
내가 물이면 당신은 물이 되어
같은 편에 있다 보면
온아한 여유는 이해하리라고 봅니다.

한 번 이해하고 두 번 이해하다보면
우리의 마음은
혼란의 침묵이 부끄러울 만큼 고요하고
금강산의 아름다운
사계절의 풍경이 그려지리라 봅니다.

기쁨은
붉디붉게 타오르는
단풍으로 물들여 질 것이고.

행복은
깊은 계곡의 물이 되어
폭포수로 날을 수 있을 것입니다.

빈 찻잔

하얀 테이블에
덩그러니 놓인 빈 찻잔을
멀거니 바라보다
그대 이름 부릅니다.

내게 있어
기쁨이고 슬픔인 그대를
뜨거운 가슴으로 부릅니다.

내 하나의 가슴 저린 사랑이
이토록 외로이
마음까지 비우게 하는지
나직이 그대를 부릅니다.

내 시간에 머무르다
이별로 가는 그대를
나쁜 사람, 못된 사람이라며
뜨거운 가슴으로 부릅니다.

환풍기

쉼 없이 돌아가는 환풍기의
윙윙거리는 소리에 귀 기울이고
얼마동안 가만히 바라봅니다.

어쩌면 나와 저리도 닮았을까.
우리는 왜 윙윙거리는 소리를 내고
제자리에서 탁하게 돌고만 있을까.

요즘에 환풍기를 보면서
내 머리 속에 통제가 되지 않는
윙윙거리는 소리와
제자리에서 도는 나를 봅니다.

무슨 생각을 하는 것 같은데
도무지 뜻은 보이지 않고
연속으로 멍 때리기만 하고 있기에
환풍기의 코드를 빼면서 말합니다.

"환풍기야,
잠시 너라도 편하게 쉬렴,
공기는 바람에게 맡기고
너라도 편하게 쉬라고" 말합니다.

사랑의 상처

사랑에게 묻습니다.
하잘 것 없는 풀은 보아도
햇빛은 거느릴 수 없냐고.

사랑에게 묻습니다.
귓가에 아른거리는 소리에
움츠린 어깨이어야 하냐고.

시간이 흐르면 흐를수록
잊지 못 할 웃음인데
벼랑으로 떨어져야 하냐고.

몰랐습니다.
사랑이라는 죄가 이리도
큰 상처인 줄 몰랐습니다.

창밖에 있는 못난 그대여

창밖에 있는 못난 그대여
텅 빈 가슴에 외로움 안고
아픈 시름에 울지 마세요.

은빛으로 반짝이는 눈동자에
닭똥 같은 눈물을
뚝뚝 흘러내리지는 마세요.

질풍에도 흔들림이 없는
기세는 다 어디에 두고
갈바람에 서산을 넘기나요.

푸른 밤의 별빛처럼
자유의 새들처럼
완전한 그대로 돌아가세요.

제발 부탁이니,
푸른 밤의 별빛처럼
자유의 새들처럼
완전한 그대로 돌아가세요.

당신을 닮아 보려고

하루 24시간 중에 1분 1초라도
당신의
어느 한 부분이라도 챙겨서 닮아보려고
구름이 놓여있는 저 하늘 끝에 기도하며
나는 당신을 무던히도 기다리고 있습니다.

당신을 우연한 기회에 만나게 되거나
가까이 아니면 조금 떨어져 있을 때는
당신의 목소리가 아득하게 들려
내 가슴은
깨금발로 켜켜이 닮아보려고 있습니다.

어쩌다, 어쩌다 눈물겹도록 그리운 말이
늦가을의 낙엽처럼 메말라가는 내 가슴에
단비로 뿌려질 때면
끊이지 않은
긴 속삭임으로 하루 종일 닮아있습니다.

당신을 향해 단비에 젖어있는 그리움은
나를
싸늘하게 부는 바람에도 포근히 감싸고
보드라운 꿈에서부터 아침이 오는 내내
머리부터 발끝까지 세세히 닮아있습니다.

먹다 남은 사과

먹다 남은 사과는
안 먹을래요.
싫어, 정말 싫어요.

색깔이 이상해요
누런 것도 아니고
까만 것도 아니고.

먹다 남은 사과는
처음부터
내 것이 아니에요.

사랑한다는 말

여보세요. 당신은요
요렇게 예쁜 말
사랑한다는 말을 영영.

잊어버리는 것일까요.
부러 안하는 것일까요.
아님 못하는 것일까요.

사랑한다는 말 한 마디로
흐르는 세월에 가둬두고.

망각의 시간에
인색의 시간에
자존심의 시간에.

나는
요렇게 속고 속아서
여전히 바보로 서 있네요.

침묵한 웃음소리

한번은 진짜, 진짜 한번쯤은
세상이 떠나가도록 주체할 수 없이
크나큰 심장이 벌렁거리고
배를 움켜쥐면서 바닥을 뒹구는
그러한 당신.
당신의 웃음소리를 들었으면 좋겠습니다.

언제… 그 언제쯤이나
새까맣게 잃어버린 웃음을 쉽사리 찾아
하늘에 햇살이 활짝, 활짝 웃듯이
흰 구름이 몽글몽글 웃듯이
침묵을 깨고 나오는 당신의 웃음소리.
옛 웃음소리가 들려올지 기다려집니다.

언제인가는 행복의 포만감을
가슴 저 아래서부터 그 입술까지 느끼고
당신다운 웃음으로
새처럼 신이 나서 휘파람 불고
사랑의 입술 꽃까지 피었으면 좋겠습니다.

여인의 기도

여인이 기도를 합니다.
창백한 얼굴로
한 여인이 기도를 합니다.

끊임없이
가슴속에 파고드는
당신의 진실을 알고자.

가녀린 몸으로
오로지 진실에 매달려
한 여인이 기도를 합니다.

온몸이 창백해지도록
간절히 애원하며
이 순간에도 기도를 합니다.

이렇게…
간절히 애원하며…
진실 하나에 기도를 합니다.

버릇없는 여자

무거운 말 옷 훨훨 벗어던지고
반말로서 이름 석 자 부릅니다.

백지 위에 흑미 한 톨 한 톨로
또박또박 새겨가는 이름 석 자.

머나 먼 곳으로 여행 떠나가면
왠지 멀어질 것만 같은 예감에.

버릇없는 여자라 나무라더라도
내 방식대로 그 이름 부릅니다.

사랑하니까 사랑하고 있으니까
스스럼없이 욕심대로 부릅니다.

왜 그러는데…

당신의 사랑에 똘똘 말리어
가파른 호흡을 받아 마시고
당신의 품안에 꼭꼭 안기어
더없이 뜨겁게 타고 있는데.

무엇이 그리도 못 미더워서
한 곳으로만 향하는 마음을
슬픔과 아픔으로 두 동강내
죽음의 꼴을 보려 하시나요.

당신의 열렬한 사랑 안에서
내 몸짓이 조금만 달라져도
"왜 그러는데, 왜 피하는데"
확인하는 마음 알고 싶어요.

처녀시절의 긴 머리

늦가을 해거름 녘에
박하향기로 곱게 단장하고.

수줍은 옛 시절로 돌아가.

아련한 추억이 되어버린
한 조각의 꿈에 젖어봅니다.

달나라에까지
소문 날 부푼 가슴으로
당신의 그림자를 밟으며.

소곤대는 음성이
버선코마냥 떨리고
고울 때가 언제였나요.

주마등처럼
덧없이 흐르는 세월에.

밤새 천리를 와버린 듯.

윤기 흐르는 긴 머리는
파뿌리가 되어서 아쉽고.

당신도 내 시절도
자꾸만
그 때가 그리워집니다.

여우잠

사랑은 옛일이라
추억에 잠재워도.

순간 기지개 켜고
숨구멍 찾아든다.

잔인하고 끈덕진
미련도 사랑인가.

자다 깨다 여우잠
밤 자락에 여윈다.

환각의 늪

환각의 늪에서 빠져나오고 싶습니다.
헝클어진 번민의 실타래 속에서
낯선 언어들이 팽팽하게 잡아당겨
눈 깜짝할 사이에 미끄러져 있습니다.

아린 가슴은 거세게 도리질하며
바깥과 차단된 운명이 아니라고
강하게 부정하고 불만을 표출해 보아도
아무 소용없이 절망에 휩싸일 뿐입니다.

초췌해진 모습을 또렷이 바라보고
무엇을 버리고 무엇을 원하는지.
믿을 수 없는 세계에 어찌해야 하는지.
기진맥진한 내 가슴은 아려옵니다.

한 치의 의혹도 없이 따라야 할 곳에
꿈이라 생각하고
잠자리를 털고 일어나듯 익숙하여지는데
바람에 쓰러질 것 같은 연약한 몸입니다.

백치의 열정

하루 일과에서 보람을 찾아

백지에 글을 쓰는 곳에

열정을 쏟아 붓습니다.

열정을 잃으면 나약함이요.

살아있는 고목이라 했습니다.

사방에 넓게 펼쳐있는 자연에서

파릇파릇한 생동감을 느끼며

세상에 당당히 도전함은

나 자신을 이겨보려는 사랑입니다.

이름값에 호된 대가를 치루고

산 위에 산

그 산 위에 또 다른 산을

두려움이라 여기지 않고

모험의 수수께끼를 푼 양

가벼이 넘어가려고 노력합니다.

열정을 쏟아야하는 곳에

비바람이 외롭고 쓸쓸하게 불어와도

잠시 중턱 안개에 젖어있을 뿐.

굳건히 바닥을 딛고 일어서는

지금의 나를 잃어버릴 수 없기에

또 다른 곳에 고개 돌리지 않고.

백치가 더듬더듬 글을 쓰는데

사랑과 열정을 다하여

어하 둥둥

시집 병풍을 만들어보려고 합니다.

세월이 좋으면

세월이 좋으면
사계절 중에서
겨울이 행복입니다.

봄과 여름
그리고
가을의 낮과 밤을
앞만 보고 달려 왔다면
겨울이 행복입니다.

달빛에 백설을 밟고
오가는 우리네는
손을 잡아당기고
안온하게 품으면.

굴뚝에서도
정담이 피어나옵니다.

지나온 이야기와
맞이해야하는 봄 이야기.

미래의 꿈을 새기고
희망에 찬 노래를 하면서.

지금까지
잘 살아 왔다면.

추워도 겨울은
우리를 살찌우게 합니다.

이별의 끝에서 낭만의 시작

세상 위에서 또 다른 세상을 열어가며
꿈을 간직하는 여린 사람이 우울합니다.

아침 해가 돋는 희망의 세계에 머무르며
따뜻한 가슴으로 기지개를 활짝 펴는데
미소 짓는 얼굴에 그림자가 보입니다.

표현하고 싶은 마음을 기둥에 묶어두고
낯선 길이 익숙하여 질 때까지
그리움으로 위로 받으려고 하였지요.

다가오는 축제에 아름다운 불꽃 시를
그 가슴에 기쁘게 안겨주려고 했는데.

내 고운 침묵은
멀리 떠나가는 이별로 아프게 했나봅니다.

죽을 만큼 사랑하여서 자존심 다 버리고
매달리는 사랑, 그런 사랑 하여보았냐고
묻고 또 물어보려다 이내 말을 참습니다.

보고 싶다. 언제 만날까. 이 정다운 말을
끝내는 향하지 못하고
아쉬운 여운을 남긴 채 마음에 묻었습니다.

보고픈 마음을 가슴깊이 간직할 수 있기에
지금 시의 양식이 되고 낭만이 시작되었음을
가슴 아픈 시간이 흐른 후에야 알았습니다.

나만의 성안

나만의 성안에
그대와 단 둘이서
네온으로 빛나는
크리스마스트리를 만듭니다.

나만의 성안에
내 파랑새인 그대와
하얀 눈사람의 카페에서
백설로 만든 차를 마시고
특별하고 즐거운 축제를 합니다.

양말에다 편지를 넣고
트리에는 사진을 걸고
나는 큰 소리로 선물을 합니다.

루돌프 사슴이 이끄는 썰매를 타고,
"메리 크리스마스 행복하세요!!" (스마일)

앙큼한 소원

나는 당신에게 앙큼한 소원이 있습니다.
엑스트라 단어는 새 밥으로 주고
주인공의 단어만 쓰겠습니다.
나는 당신하고
낮에도 달밤에도 같이 있고 싶습니다.

발가락 장난으로 헤프게 골탕 먹여가면서
이불 똘똘 말아가다가 잽싸게 걷어차고
당신을 내 품에 와락 끌어안고 "사랑해!"
이 말 한 마디 달콤하게 하고 싶습니다.

햇살이 환하게 비춰주는 이른 아침에는
어김없이 어제처럼 "잘 잤어?" 하고
부드럽고 정감이 흐르는 목소리로
편안한 안부를 실없이 묻고도 싶습니다.

이렇게 염치없이 소원을 바라는 것은
어설픈 망상이고
허파 깊숙이 바람들어가게 보이겠지만
그래도 당신을 보고 있으면
언제부터인가
줄줄이 습관처럼 소원을 갖게 되었습니다.

"당신아,
요 앙큼한 소원, 나 가지고 있어도 괜찮지요?!"

마음의 양상

신비한 영감은 마음의 잔잔한 울림입니다.
허심탄회 듣고 비우기를 반복하다보면
기회가 적절한 그 때가 목전에 다다를 시
평행의 균형 감각을 유지할 수 있습니다.

먼동이 트기 전에 풀잎에 맺힌 이슬방울을
소가 먹으면 우유가 되어 이로움이요.
뱀이 먹으면 독이 되어서 해롭다는 말을
지혜의 양식으로 알고 겸허한 마음입니다.

고단하고 버거운 삶에 어깨가 짓눌려서
한계에 도달하여 토심증이 나올 때는
쓸개가 빠져나가고 목젖이 메말라 붙어서
차라리 산중에 홀로 살고 싶은 마음입니다.

마음의 상처가 올바른 생활의 근원이 되어
세속에 메아리는 공허하고 부질없는 욕심입니다.
발등 밑에 혼탁한 고뇌는 인과응보로 여기며
좋은 살 냄새에 물이 흐르듯이 유연한 마음입니다.

생명의 폭죽

실오라기 홀연히 벗어 던지고
맨몸뚱이에 시력 잃은 눈뜬 봉사가
세파에 할퀴어서 아리고 쓰라립니다.
목은 바싹 타버려서 침을 고여 내야하고
찬 손으로 주위를 더듬거리며 짚어갑니다.

태어날 적에 복숭아 살빛이 고아
찬바람에 된서리 맞으면 아파할까봐
품으로 감싸고 포대기로 감싸서
아주 어여쁘게 키워온 딸자식이
보이지 않는 번뇌에 이생의 저편입니다.

맨몸뚱이는 이생의 저편이나마
홀로 계신 어머니가 너무나 가여워
살고자 살아보고자 약을 바릅니다.

묵언에 체념의 약으로 바른 온몸은
사슬 없는 공기에 생명의 폭죽을 터트리니
파열 소리에 오한 기는 오간데 없이 사라지고
마음은 오감의 소리로 사방에 눈 트여
자연이 주는 비단 옷을 입고 편히 있습니다.

첫사랑

석양의 노을빛이
붉게 타들어가는.

저수지 둑길에
둘은 나란히 앉아.

손가락 사이사이에
깍지를 끼고.

설레는 마음을
어찌할 줄 몰라서.

떨리는 가슴에
두 눈만 깜박입니다.

먼 훗날
세월이 흘러가더라도.

정든 **빠끔살이**
소중히 간직하고.

오해가 미움으로
이별이 다가올 때는.

살며시 꺼내어
위로하자고 약속합니다.

움직이는 속삭임은
어디에 가서 무엇을 하여도 함께하고
잊히지 않아 잊을 수 없는 첫사랑.

행여나
서운하여 두 눈에 이슬이 맺혀
그리움 담아두는 내일이 다가오려나.

몰래
손수건 준비하고 다니는 마음
달에게 향하는 별이 아름답다고 합니다.

비켜선 사랑

내 공간에 머물러있는 사랑을
뒤늦게 알아차린 바보마음은
서운하여 가라고 투정합니다.

촉촉이 젖어드는
느낌도 부족하여
희뿌연 안개에 쌓여있는 듯,

정말인가, 맞나하고
알 수 없는 불안감에
확인한 것이 후회로 아려옵니다.

사랑은
가만히 바라보고 있는데
생각이
경솔하게 짧아서 몰랐습니다.

사랑은
가슴을 열고 다가왔는데
미련은
욕심에 가려져서 몰랐습니다.

이제는
저만큼 비켜선 사랑에게
귀엣말이 그립다고
터놓을 수 없어 슬퍼합니다.

질그릇

질그릇 한 대접에
맑은 물을 가득 채워봅니다.

정좌하고 고개 숙이니
굽이굽이 흘러드는 세월이
잠깐씩 천천히 다가옵니다.

잃어버린 고단한 삶은
입자 없는 물빛 소리로
지혜롭게 다듬어 줍니다.

순환의 의미를 일깨워 주는
소중한 마음들이
내면의 스승임을 알게 됩니다.

어디로 갈까나

내 세상 지푸라기 덕석이 넓고 탄탄하여
사십을 비바람에 끄떡없이 잘도 왔는데
이것도 분에 넘쳐흐르는 복중에 복인가.

먼지 티끌 가리개까지 너덜너덜 헤쳐가고
산산조각 내어놓으니 등짝 시려 못 살겠다.

엄동설한에 헐벗은 몸뚱이는
살얼음판에 내몰려 이리저리 쫓겨 다니고
흰 눈에 뒹굴어 온지가 한 해 되었다.

머리부터 발끝까지 알아온 사람의 소리에
머리 풀어 석고대죄로
내 죄가 무어냐고 묻고 물으며
피눈물 토하는 설움에 눈동자를 굴릴 수 없다.

흰 눈 밥도 아깝고 죽어서 혼백이나 온전할까나.

발 딛을 자리 많고 많아도
발바닥 벌어지고 갈라져
한 발자국 옮기는데 신음소리 절로 터져 나오고
한이 서린 짓궂은 인생살이 실어 갈 목관 보인다.

구름같이 들었다 났다 세 번의 혼 휘둘림에
아래 보니
내 육신은 멀쩡하니 누워서 아버지와 눈 맞춘다.

아버지는
"살아 보거라 어찌됐건 살아야 한다.
정신 바짝 차려서
새끼들 돌봐줘야 한다."는 말씀에,

야밤중에 아버지 산소에 엎드려
갈퀴손으로
잔디를 긁어모아 입안에 삼키고
아버지만 부른다.

"산목숨 스스로 내쳐도 거둬가지 않은 것 보니
살라는 팔자다.
엄마에게 의지하고 살아봐라.
어찌되었건 살아봐라. 툭툭 털고 일어나 가거라.
어이 가거라. 어이 가."

"아버지,
나 어떻게 살아? 어떻게 살아야해!
어떻게 살라고 가라고 해, 어떻게 살라고…"

터벅거린 발걸음을 질질 끌고 어디로 갈까나.
어디로.
살아 보리라, 산다면 어딘들 못 갈까나.

노을 그네

봉선화 물들인 노을 그네에
풀잎처럼 여려진 그대를
이 밤이 새도록
내가 즐겁게 태워 드릴게요.

인연의 끝자락을 부여잡고
눈물 살이 더듬으며
그대가 살아가는 이유를
붉은 노을은 알고 있기에.

곱고 지혜로운 그대가
밤하늘 바라보며
별빛을 가슴에 안을 때까지
나는 그대 뒤에서 밀어드릴게요.

황색 터널

몸속에 길게 뻗어 자리한
붉은
암벽의 황색 터널이 있습니다.

마음은 중앙에 멈춰서
깊은 숨골의 소리를
잇따라 감지하려고 합니다.

티끌의 생명은
터널 끝의 빛이 두려워
본능을 삭히고
거짓 허울을 벗습니다.

백지 유서

한여름 뙤약볕 속에서
맨발로
하루 종일 걸었습니다.

신이 부른 세계에
벙어리 삶을 이끌고
이대로는 갈 수가 없어서.

잔다란 꽃에 나를 묻고
풀 이파리에 나를 물어
애써 살아온 흔적을 찾습니다.

힘줄이 엉키도록 걸어도
가난한 백지의 유서 뿐.
공허함이 발등에 떨어집니다.

어리 얼싸 살리라

따사로운 햇살을
머리에 얹고 등에 동여매고
남생이 춤을 춘다.
어리 얼싸, 어리 얼싸.

산야에는 오색 물결이 찰랑이고
뜬구름인가 날개 잃은 새인가
발버둥 쳐가며 바람을 탄다.
어리 얼싸, 어리 얼싸.

이슬이 모진 된서리를 녹여
시름의 꽃은 아름드리 피어나
노을빛에 붉게 타들어간다.
어리 얼싸, 어리 얼싸.

어리 얼싸
어리 얼싸
이러 쿵 저러 쿵 살리라.

숲에서 온 편지 여섯… 그녀의 편지

삶에 지쳐서 세월을 느끼는 내가 안타까워
어쩔 줄 모르던 너의 마음 알아.
아파서 자다가 너랑 통화 후에
한동안 불을 켜지 못하고 그렇게 앉아있었다.
눈에는 눈물이 흐르고
넌 이미 전화 끊기도 전에 목이 메었지.
"진희야 사랑해…"
"진희야 뭐든 찾아 먹어…"
"진희야 아프지 말자…"
이렇게 말하며 긴 여운 심어주었지.
자칫 놓칠 뻔한
올해의 마지막 시간을 보내면서
진정 네가 있어 날 곧추세우고
오뚝이처럼 일어나지는 감정들을 본다.
친구야,
넌 늘 내게 창문을 열라고 했지.
느닷없이 전화해서 밖을 보라고 했지.
단풍이 떨어져서 예쁘다고.
눈이 와서 예쁘다고.
따뜻한 바람이 분다고.
은연중에 닫히는 마음을 늘 열도록 해줬었어.
내가 다 말하지 않아도 날 보고 있듯이
내 삶에서 뜀뛰듯 마구 달아나는 세월에서
가슴으로 말하던 내 친구야,

지난번에 네 시간을 선물로 주려했을 때
난 감동 받았어.
비행기 표 왕복으로 보낼게 그냥 오라고 했지.
나와 함께 해주려했던 너.
그 마음 잊지 않고 간직할게.
친구야, 고마워 그리고 사랑한다. 진이

똑똑똑 노크

똑 똑 똑
마음 문을 사정없이 두드리며
"나야! 뭐해!?"
문 열라고 재촉하는 벗이

그

립

다.

"빨리 옷 입어!
맛있는 것 먹으러가자!"하고
옷을 주섬주섬 챙겨주는 벗이

그

립

다.

마주 앉아서
밥알 튀게
미주알고주알 수다 떠는 벗이

그

립

다

똑 똑 똑 나, 너, 기다려!
똑 똑 똑 나도 너, 기다리고 사랑해!

나 그대에게

저 하늘이 허락하고
인생의 덤으로 할 수 있다면.

나, 그대에게.

햇살이 은은하게 비추듯
달빛이 고요하게 흐르듯.

그대 눈동자에
내 사랑이 머물게 하리오.

세상은
철이 없다 여겨 외면하고.

내 가슴에
아픈 상처를 준다 하여도.

그대 하나로
내 생에 가장 아름답고.

채워진 행복으로
저 하늘이 허락 한다면.

나, 그대에게.

옥같이 맑은 사랑
영원히 머물도록 하리오.

봄이 오는 소리

따스한 태양 빛에
보석처럼 빛나는
당신의 모습에
눈이 부셔옵니다.

생활고에 시달려
꿈마저
꽁꽁 얼어붙어서
가슴앓이 하는 당신.

첫 월급 받아서
행복해하는 스마일.
이 봄이 오는 소리에
내가 더욱더 행복합니다.

기억상실

간간히 불어오는 바람에
여윈 목을 길게 빼고
호흡하려고 하는데
잔모래가 섞여 시야를 덮습니다.

어둠에 잠재되어있는 아픔은
정신을 압박하는 고통과
신이 내린 가혹한 시련을
순간에 모두 잊고 싶습니다.

하루하루의 미묘한 생활이
내일의 행복을 준다하여도
창백한 영혼은
곤히 잠들어
기억을 상실하고 싶습니다.

그리움의 빛

당신을 만남으로
그리움을
어렴풋이 알아가고.

그 그리움에
나날이 나는
찬란한 빛을 느껴갑니다.

햇살에는
당신의
곱상한 웃음 줄이 보이고.

구름에는
당신의
양털같이 흰 마음이 보이고.

바람에는
내 이름 부르는
당신의 목소리가
가슴 깊숙이 스며듭니다.

그리움의 빛이
이처럼 향기로운 색깔로
내 세계를
설렘으로 흔들고도 부족하여.

하루에도 수십 번씩
고운 꽃송이는 암팡지게 피어나
당신 곁에
조금 더 가까이 하도록 합니다.

출근 여행

신발 신고 현관문 나설 때면
나만의 비행기에
활기찬 날개를 펴고
자유로운 독백으로
허공을 날기 시작합니다.

어느 날
다람쥐가 쳇바퀴 돌리는 것에
색다른 매력을 느꼈습니다.

단조롭게
제자리걸음으로 맴돌더니
뜀박질하면서 즐기고 있습니다.

나 또한
생존을 위해 지상에서 걷는 시작에
끈기와 여유를 배우며 살아보자고.

매일 아침에
스스로에게 최면을 걸어
환상여행으로 앙상블을 이뤄냅니다.

사는 맛은 풍년입니다

밤이 늘어지게 누워서 나를 부릅니다.
어서 와서 고단한 몸 편이 쉬라고.

내 안에 마음은 까만 밤을 거부합니다.

하늘이 부르면
너 나 없이 의지와는 상관없이.

홀로 저 머나먼 나라로 떠나야 하는 인생.

습관처럼 시간에 놓여있는 무의미한 생각을
눈이 떠 있을 때 가려내서 성형하라고 합니다.

지칠 줄 모르게.

날마다 흙 마당에 노란 콩을 널고
도리깨질에 메주만 쑤고 있는 일을 그만하고.

이제는 멍석 위에 참깨 조 보리 수수를 널고
망태기 하나 장만해서 담아보라고 합니다.

내 안에 마음은 늘어지는 상전이 되고
내 몸은 바쁘게 움직이는 하인이 되어 따르니.

이리저리 뒤척이는 나는 사는 맛은 풍년입니다.

말짱 도루묵

겨울바람에 추워서 입이 얼었는지
떨리는 마음을 주체할 수 없어서인지
말을 더듬고 모으지를 못하는 사람이.

영원히 나 하나만을 사랑하고
영원히 내 사랑 받는 것이 소원이라고
내 앞에 당당히 서서 사랑을 고백합니다.

그렇게
돌아서려고 마음을 먹었는데도
다가가는 사랑의 감정은 어쩔 수 없으니
제발,
매운 청양 고춧가루는 그만 좀 뿌리고
이유 없이
그냥 척, 이라도 해보라고 합니다.

남자의 눈에서 진실한 눈물이 흐릅니다.
외모 멀쩡한 남자가 백퍼센트 착각하고
매력덩어리인 줄 아는 내게
순도 높은 사랑의 마음을 주고 있습니다.

이거 참, 한쪽은 진지하고
또 한 쪽은 난감한 상황에 처해집니다.
속으로는
톡 쏘는 겨자 한 사발 먹이고 싶어도
매번 상처받지 않도록 말로만 대하니
아무 소용이 없는 말짱 도루묵입니다.

양심의 털

매사에 성실하고 자랑스러운 내 친구.

자존심이 강하고 매력있게

말에는 군더더기 없이 깔끔하고

웬만한 일은 호탕하게 웃는 내 친구.

내 친구는 낙천적인 성격으로 착각할 만큼

느긋한 여유로 반하게 만드는 재주꾼입니다.

이 친구가 나를 필요로 할 때는

작은 힘이나마 보탬이 될 수 있다면 좋겠다하고

돈독한 우정을 나누리라 마음먹었습니다.

친구도 절대 실망시키는 일은 없다고 했습니다.

그런데,

하늘이 두 쪽 나더라도 지킨다는 약속은

무슨 이유에서인지 양심에 털이나

그렇게 자신만만하게 단언한 이 친구가

내 마음을 한없이 아리게 하고 있습니다.

친구에게는 이해가 어려운 내 걱정이

궁금증으로, 간섭으로 보일까봐

위로의 말에도 상처 받을까봐,

개성이 강한 친구를 다시 보게 되는 날까지

내 생각은 접고 존중하고 믿기로 하였습니다.

장승 & 병정

내 마음이 부르는 사랑의 멜로디
귀 기울려 듣지 못하고
마음 문 밖에서
그대를 장승처럼 세워 둔 채.

기쁘면 새가 되어
외로우면 바람이 되어
슬프면 비가 되어.

모자라는 부분은
채워주라 하고
까탈지게 굴고서는
너그러이 덮어 달라하고
성가시게 해서 미안합니다.

듬직한 눈빛으로
지켜주는 그대여,

인내하며 성숙하게
다듬어주는 그대여,

늦었지만 이제라도
내 마음의 문을 열고
내가 그대를
행복 병정으로.

기쁘면 새가 되어 노래 부르고
외로우면 바람이 되어 간지럼 태우고
슬프면 비가 되어 위로해주겠습니다.

내 마음이 부르는 사랑의 멜로디에
귀 기울여
정말 행복한 병정으로
그대 마음을 예쁘게 어루만지겠습니다.

당신은 누구시길래

유리창에 입김 불고
그리운 당신의 얼굴을
서서히 아주 서서히 그려
보. 고. 싶어… 라고
마음의 글을 써봅니다.

.................언제쯤
당신 만날 수 있을까요
.................언제쯤
다시 만날 수 있을까요
.................언제쯤

내가 당신을
기다림의 샘물에서
한 모금으로 목마름을 달래고
아쉬운 미련에
.................언제쯤
보내지 않을까요.

해가 뜨는 모습에서
노을이 지는 모습까지
서로 어깨 기대고
나는 그렇게
편안히 지내고 싶습니다.

누구시길래
당신은 누구시길래
사랑의 시간이 애타게 모자라
미완성의 조각난 그림만 남긴 채
솜털이 흩어지듯 날아가시나요.

당신을 잡을 수가 없어
나는 이렇게
사. 랑. 해. 사. 랑…해…라고
유리창에 편지를 쓰고
당신의 얼굴을 어루만집니다.

굶주린 애정

슬퍼하지 않으렵니다.
눈물 흘리지 않으렵니다.
뒤돌아보지 않으렵니다.

하얀 눈처럼 소복하게 쌓인 정은
밤사이
차갑게 녹아내려.

대나무 수풀에
이슬로
대롱대롱 매달려 있습니다.

내 모습은
이지러진 쪽달로 남아 있기에
애달픈 이별이라 말하지 못하고.

사랑 하나 지키기 위하여
봄이 오는 소리에
굶주린 애정을 조용히 담으렵니다.

그대는 내 달무리

그대는
내 생애 다시없을
신이 주신
최고의 선물입니다.

내 슬픔이
은하수를 건너려할 때
밝은 미소로
새하얀 빛이 되어 주고.

내 눈물방울이
하염없이 떨어질 때
그 가슴의 골짜기가
젖도록 받아주었지요.

내 삶의 기억이
어둠에서 헤매고 있을 때는
그 또한
의지하라고 환히 비추었지요.

나를 지켜주기 위해
크고 동그랗게 피어나는
그대는 나만의 달무리입니다.

첫눈! 오늘은 너하고만 놀래

하늘하늘 눈이 내린다.
첫눈이다.

창밖에는
하늘이 주신 기쁜 선물이 내린다.

나는 호랑이처럼 날렵하게 움직여서
조그마한 카세트에 테이프를 넣고
달착지근한 모카커피 세 잔을 준비한다.
그리고 사각통의 내 가게가
전망이 가장 좋은 스카이라운지라고 상상한다.

음악이 흐른다.
비파연주 27곡이 흐르기 시작한다.
흐르는 강물처럼, 겨울연가,
백조, 꽃 보라… 가 아름다이 흐른다.

가냘프게 토도독 톡 톡 울리는 비파의 5현에
하얀 눈 한줌 두어줌이 스르륵 녹고
모카커피도 사르르 녹아 달달하고
내 마음은
아주 녹아들어가 형체도 보이지 않는다.

첫눈은 바람 썰매타고 내 창가에서 웃는다.
나보고 마중 나오라고 단숨에 나오라고
눈꽃가루 휘날리며 재촉하듯이 웃는다.

전화소리가 울려도 못들은 척 시치미 떼고
향기로운 커피 한 모금을 체하듯이 마시고
"그래 눈아, 너하고만 놀랜다.
오늘은
신나게 너하고 놀래."하고 첫눈을 마중 나간다.

어머님 영전

꼭두새벽
머리에 이슬 얹고
어머님 영전 앞에
오체투지 하니
눈물 설거지 하염없다.

돌아서면 말없는 땅에
떨어지는 낙엽을
쓸어 담고 담아도
마음이 버겁게
쌓여가는 잔정 잎.

바닥에 엎드려진 몸은
이제 그만 일어나라고
산사의 풍경 소리는
곧추 세우나
홀로 복 벗은 설움에
설 수 없는 오열이다.

아름다운 사람

세끼 굶주림에 배곯아 허덕이면서
희망심줄은 든든해서 배가 부르데요.
한때는 사막에서 방향 감각을 잃어
많은 시간을 외롭고 쓸쓸하게
헤매면서 흐릿하게 보내야했대요.

살갗이 검붉게 타는 아픔에서
푸른 녹지와 사슴의 눈을 보면
차츰차츰 삶의 무늬가 만들어지고
정신세계에는 강건한 의복을 입고
여유롭고 담백하게 호흡했대요.

나는 이슬람 여인처럼 히잡을 쓰고
강 건너에서 우두커니 지켜만 보아도
가슴이 미어지도록 서럽다 못하여
뜨거운 눈물이 빗물처럼 내리는데,
자신은 이기고 살아가는 삶은 아름답대요.

희망의 등불

삶에 지친 사람이여,
맑고 투명한 아침의 산새가
정겨운 꿈의 이야기를 가지고
나래 펼쳐 가까이 다가오는데,

들어 보세요.
가만히 들어 보세요.

바늘구멍같이 조그마한 소망에
휘어진 빛과 그림자라도
쉴 틈 없이 촘촘하게 잡으려고
주저하지 않고 날고 있잖아요.

삶에 지친 영혼이여,
벼랑 끝에서 만지작거리는 심장에
희망의 등불을 환하게 켜보세요.

어머니의 자궁 속에서 머물다
멋모르고
두 손에 세상을 쥐어보았듯
희망의 등불을 환하게 켜보세요.

한동안 너를

어쩌면
너를 좋아할지도 몰라.

어쩌면
너를 사랑할지도 몰라.

파릇한 향기
물씬 풍기고.

연한 새순의 잎으로
꽃을 피우는.

움직임에 반하여.

한동안 너를
품에 안고 있을지도 몰라.

봄, 봄, 봄.

끝이 없는 길쌈

자투리 한 조각 한 조각 모아서
자나 깨나 길쌈에
치켜세울 틈이 없는 눈꺼풀이다.

남루하나마 걸칠만하여
무릎 펴고 됐다 했더니만
지나는 바람이 상거지로다.

보기 안타까워
옜다, 하고 주고 나니.

호롱불 심지 타들어감이
이내심정과 무에 다를까나
그저 살아있기에 복이로다.

나의 길라잡이

높고 푸른 하늘에
일 년 열두 달의 달력을 그려서
책이라 생각하고
선조의 지혜를 배웁니다.

맨발로 땅을 밟으며
따갑고 부드러운 감각을 느끼는
그 순간
순간을 호흡하려고 합니다.

바다의
성난 파도와 잔잔한 파도의
그 깊이에 대해
깨달음을 얻고자 합니다.

야생 동물의
눈빛에서
온화함과 생존 경쟁을 배웁니다.

인간의 희로애락에서
바로 설 수 있는
"나" 자신을 찾으려고 합니다.

인생 풀매기

호미와 쟁기로
양분 잃은 토양을 깊게 갈아엎으니
메마른 잡초의 무성함이
아침빛에 고들고들 타들어갑니다.

끈적거리게 젖어 있는 흙은
바람이 살랑살랑 말려서
윤기가 자르르 흐르고
숨소리도 고르게 변하여갑니다,

며칠 후
뿌린 싹이
파릇이 트여서 해납작하니.
생각만 해도 대 풍년입니다.

땀에 적셔진 나의 수건은
목선타고 줄줄 흘러내려서
오곡백과는 무르익어
끼니 걱정은 없을 성 싶습니다.

되돌아보는 길

살갗에 흐르는 땀방울은
가슴에 스며드는
행복한 부귀영화나 봅니다.

굽어진 허리
아이고, 하는 한숨에
허리 펴, 청춘 길 되돌아봅니다.

울퉁불퉁
비포장 길에 돌부리 걷어차고
까마귀 울음을
까치 노래로 들은 세월입니다.

예나 지금이나
변함없이 가고 있는 이 길
가다가, 가다가
돌아보아도 아직은 후회란 없습니다.

배터진 연정

배정이 시집

초판 1쇄 : 2015년 1월 26일

지 은 이 : 배정이

펴 낸 이 : 김락호

디자인 편집 : 한지나

기 획 : 시사랑음악사랑

인 쇄 : 청룡

연 락 처 : 1899-1341

홈페이지 주소 : www.poemmusic.net

E-Mail : poemarts@hanmail.net

정가 : 10,000원

ISBN : 978-89-91664-98-2